AF402716

LES
RADICAUX A L'ŒUVRE

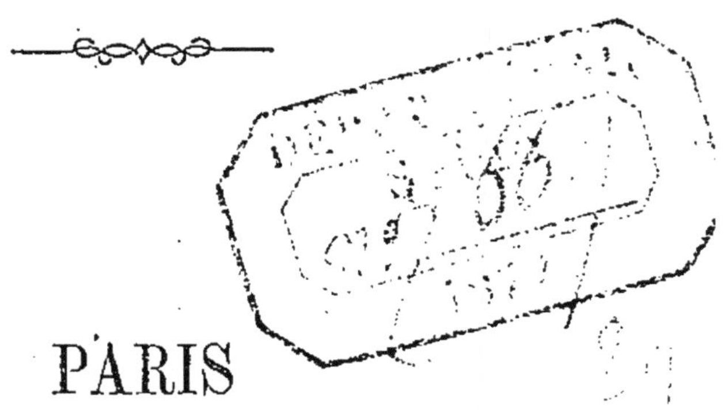

PARIS

FÉCHOZ, LIBRAIRE-ÉDITEUR

5, Rue des Saints-Pères, 5.

—

1877

LES
RADICAUX A L'OEUVRE

———

On a écrit quelque part que *la parole a été donnée à l'homme pour déguiser sa pensée.*

Les radicaux se chargent de prouver le bien fondé de cette réflexion misanthropique.

Ils se posent en apôtres et en défenseurs de toutes les libertés publiques et privées. Ils flétrissent avec indignation le *favoritisme* qui serait, d'après eux, l'apanage des régimes monarchiques, et volontiers ils s'arrogent le monopole du désintéressement civique.

Leur dévouement aux intérêts généraux du pays est sans bornes, — sur le papier. A les entendre et à lire les longues dissertations de leurs jurisconsultes en titre, la légalité trouverait en eux ses plus fermes soutiens...

Voilà autant de déclamations qu'ils font résonner à nos oreilles, surtout en ce temps d'agitation électorale, et qui fatigent

nos yeux dans les colonnes de leurs jour
naux.

Ils cherchent ainsi par des phrases à abuser les électeurs.

A ces phrases nous opposerons des faits.

Pour montrer l'inanité des promesses radicales, nous exposerons la conduite qu'ont tenue les radicaux durant cette période néfaste où ils ont, pour le malheur de la France, occupé le pouvoir.

En face de leurs discours nous allons placer le témoignage de l'histoire.

Les pages qui suivent ne contiennent que des extraits de l'enquête parlementaire ordonnée par l'Assemblée sur les actes du Gouvernement de la Défense Nationale.

Ni l'Assemblée en décidant cette enquête, ni la Commission en élaborant et en éditant ce travail, n'ont eu l'intention de faire une œuvre de parti. Le but a été d'opérer le partage des responsabilités entre tous ceux qui ont joué un rôle dans les néfastes événements de 1870-71. Des recherches analogues avaient eu lieu pour les actes du Gouvernement impérial ; l'équité exigeait que le 4 Septembre eût son tour.

Les pièces qui, sans intérêt suffisant pour l'histoire, n'auraient servi qu'à jeter l'odieux ou le ridicule sur certains personnages, ont été écartées du dossier. Ce caractère incontestable d'impartialité double l'autorité des révélations qui nous sont faites. Ceux qui ont à souffrir de la pleine lumière répandue sur leurs agissements, ne peuvent s'en prendre qu'à eux-mêmes.

Nous ferons preuve du même esprit d'impartialité.

Ce n'est pas un pamphlet que nous écrivons. Ce n'est pas non plus à un simple sentiment de curiosité rétrospective que nous obéissons. Si nous faisons connaître le passé récent du parti républicain, c'est, nous le répétons, afin de mettre le lecteur à même de prévoir quelle conduite tiendrait ce parti, au cas où il reprendrait la direction des affaires. Son personnel et ses doctrines sont les mêmes qu'en 1870. Examinons ce qu'il fit à cette époque ; nous saurons par là ce qu'il serait susceptible de faire dans l'avenir.

I

Comment les républicains entendent et pratiquent la liberté.

Les républicains font étalage à tout venant de sentiments libéraux. Mais ils aiment, semble-t-il, la liberté d'un amour si passionné, qu'ils en sont extraordinairement jaloux et n'en veulent que pour eux seuls. Qu'on en juge.

La liberté politique consiste, tout d'abord, dans le droit pour la nation de nommer des représentants qui votent l'impôt, discutent les lois et contrôlent la marche du pouvoir exécutif. On sait les cris que poussent les républicains quand un gouvernement, autre que le leur, viole ce grand principe, ne fût-ce que pour un temps très-court! Mais, eux-mêmes, qu'ont-ils fait?

Dès le 4 septembre, *dès ce jour de fête,* pour parler le langage plus républicain que français de M. J. Favre, nous les voyons dissoudre Corps Législatif et Sénat. Le malheur n'était pas grand, dira-t-on: soit; mais voici qui devient pire. Tandis que l'ennemi envahit le territoire, les républicains envahissent les places. C'est une vraie curée. Les gros bonnets se ruent sur les ministères, les autres sur les préfectures et sous-préfectures ; le fretin accapare les mairies, les perceptions; il y en a qui, faute de mieux, deviennent gardes champêtres. Chacun cherche à se tailler dans la grande infortune publique une petite fortune privée. On contracte des emprunts; et quels emprunts! On achète des fusils; et quels fusils ! On fait des levées de mobiles et de mobilisés. On dépense les millions de la France ; et l'on ne permet pas à la France d'élever la voix, d'exprimer son sentiment, d'élire des représentants !

Voilà comment les avocats qui, dans l'opposition, parlaient si haut et si bien du suffrage universel, l'ont traité dans la pratique. Deux fois les élections furent résolues par le gouvernement de Paris ; deux fois elles furent indéfiniment ajournées par la délégation de Tours.

Et dans quel but ?

Les élections n'étaient pas seulement nécessaires au point de vue du principe de la liberté ; elles étaient commandées, en outre, par les plus hautes considérations patriotiques. M. Laurier écrivait en effet : « De toutes parts on nous « demande des élections. AU POINT DE VUE « DE LA DÉFENSE, ELLES NOUS SERVIRONT EFFI- « CACEMENT..... LES ÉLECTIONS SEULES NOUS « DONNERONT CE QU'IL FAUT DE FORCE POUR « MARCHER UTILEMENT AU SECOURS DE PARIS. »

Pourquoi donc, encore une fois, refusait-on d'y procéder ? M. Crémieux va nous l'apprendre. « Les élections, écrivait-il, « sont périlleuses et *destructives de notre* « *nouvelle situation...* Puisque nous ne « sommes pas prêts, pourquoi livrer cette « terrible bataille à l'intérieur ?... »

Cela signifiait que l'on fermerait la bouche au suffrage universel tant que l'on se méfierait de lui. Les préfets tenaient tous le même langage ; par exemple, M. C. Bertholon : « Vous compromettez la Républi-« que ; vous connaissez nos paysans : si « on refaisait les élections plébiscitaires, « les *Oui* seraient encore en majorité. »

Ainsi, il fallait faire un choix : avec les élections, on courait le risque de compromettre la République ; sans les élections, on sacrifiait les droits et les intérêts de la France.

On a préféré ne pas compromettre la République ! !

Que ces gens-là ne prétendent plus au titre de libéraux, et même, s'ils ne veulent pas qu'on leur refuse le titre de Français, qu'ils songent à agir autrement !

Cependant, un jour vint où, en dépit de M. Gambetta, les élections s'imposèrent par la nécessité des choses. Que fit alors le farouche adversaire des anciennes candidatures officielles ? Il rendit un décret aux termes duquel tous les serviteurs de l'Empire étaient exclus comme indignes et déclarés inéligibles. En même temps, par une dérogation à toutes les lois existantes, il autorisait les candidatures des préfets dans les départements mêmes où ils avaient exercé leurs fonctions.

C'était dépasser d'un coup tout ce qui avait jamais été imaginé en fait de candidatures officielles. On ne se bornait pas à recommander, comme autrefois, certains candidats ; on défendait aux électeurs de porter leurs voix sur certains autres candidats !

Voilà comment les républicains, après avoir encensé le suffrage universel, l'étranglent un beau matin, s'ils y ont intérêt. A ouïr leurs discours, toute souveraineté réside dans le peuple ; mais ils s'entendent bien mieux que nul monarque passé,

présent ou futur, à bâillonner et à museler
ce peuple souverain. Il serait temps que
celui-ci comprît le jeu des courtisans qui
l'exploitent, et leur répondît : Un peu
moins de souveraineté théorique, s'il vous
plaît, et un peu plus de liberté pratique !

Ce que fit le Gouvernement du 4 Septembre dans la question des élections
générales, il le fit dans celle des élections
départementales. Au fond de chaque préfecture était installé un Gambetta au petit
pied qui se passait, non moins facilement
que le grand chef, de tout contrôle, de
toute surveillance.

Un décret avait dissous les Conseils généraux ; nombre de préfets ne songeaient
à les remplacer en aucune manière. Le
pouvoir ne les détournait pas de cette
voie : « Il n'y a nulle urgence », leur di-
sait-on, à former les commissions départementales. D'autres préfets, au contraire,
s'entouraient de commissions ; mais, en
ce cas, si les apparences étaient mieux
sauvegardées, le résultat, au fond, ne lais-
sait pas d'être identique.

En effet, qui nommait les commissions
départementales ? Le préfet. Dans quelles
formes ? Selon son bon plaisir. Et dans
quel esprit ? Conformément aux instructions suivantes : « Vous méconnaîtriez les
« intérêts les plus chers si vous vous
« borniez à faire de votre commission
« départementale un conseil de finances :

« il faut qu'on sente l'esprit républicain.
« Par conséquent, dans les choix que vous
« allez faire, *consultez plutôt les intérêts de la*
« *démocratie que vos convenances administra-*
« *tives.*»

C'était clair. Au conservateur le plus
compétent, le plus probe, le plus considéré,
il fallait préférer le démocrate. Mais le
démocrate était parfaitement inconnu et
parfaitement nul ! Petit détail : sa qualité
de républicain lui tenait lieu de toutes les
autres qualités. Mais la marche des affaires
souffrira de ce choix ? Qu'importe, pourvu
que le parti y gagne !

Les royalistes, oubliant la forme du
gouvernement et ne voyant que l'ennemi
du dehors, mouraient pour la France sans
songer à la République. Les républicains
vivaient pour la République sans plus
songer à la France.

S'agissait-il de décréter la guerre à outrance avec le sang d'autrui, ou de prendre
sur le papier des résolutions héroïques ?
Les républicains ne connaissaient pas d'obs-
tacles. C'est ainsi qu'un conseil municipal
libellait cette délibération dont les Prussiens ont dû frémir : « Dans le cas où Paris
« serait amené à capituler, la ville de
« Castres déclare qu'elle ne reconnaît à
« aucun pouvoir le droit de la comprendre
« dans la capitulation ; elle affirme vouloir
« conserver toute sa liberté d'action afin
« de défendre à outrance le sol de la patrie. »

Mais nous avons eu la preuve trop évidente qu'il y a loin de la parole à l'action.

Reprenons le sujet, et, l'histoire en main, demandons-nous encore quels gages les républicains ont donné de leur amour pour la liberté. Certes, s'ils ont jamais préconisé une liberté, c'est bien celle de la presse. Ici encore, ils en veulent tant pour eux-mêmes, qu'il n'en reste plus pour les autres.

Dans le sens républicain, on pouvait tout dire, ou tout écrire : « La République « est supérieure au suffrage universel et à « la patrie, » portait le programme du Comité du Creuzot. « Quiconque fera l'éloge « d'une monarchie ou du principe monar- « chique devra être incarcéré, » portait une résolution du club principal de Toulouse en octobre 1870. Dans une harangue publiée par les journaux, le préfet Duportal s'écriait :

« J'ai été doux et magnanime ; mais, « sachez-le, citoyens, cette manière d'agir « n'est bonne que pendant la guerre contre « les Prussiens, parce qu'il faut que nous « soyons tous unis pour la défense natio- « nale. Après avoir établi la République « sur le cadavre du dernier Prussien, nous « établirons l'égalité sur le cadavre du « monopole. *Alors, nous nous occuperons des* « JUSTES REPRÉSAILLES, DES CHATIMENTS MÉRITÉS « PAR TOUS LES SUPPOTS MONARCHISTES. LES « MISÉRABLES ! ils ne comprennent pas que

« s'il y en avait quelques-uns dans cette
« immense multitude, *sur un seul froncement*
« *de mon sourcil, vous les verriez rentrer dans la*
« *poussière.* »

Le même Duportal disait ailleurs, dans
une autre circonstance : « Armez-vous de
« faux et de fusils contre les Prussiens
« d'Allemagne. Armez-vous de défiance,
« de haine, de colère et de rage contre les
« Royalistes, ces Prussiens de l'intérieur. »

Ces quelques exemples montrent de
quelle aimable liberté jouissaient les écri-
vains et les orateurs du parti. Mais les
dissidents n'étaient pas, à beaucoup près,
aussi bien partagés. Le préfet de Marseille
suspendait *sans motifs* la *Gazette du Midi*.
Celui d'Angers supprimait un journal conservateur, l'*Union de l'Ouest*, sous le prétexte
que ce journal *avait excité à la guerre civile
et s'était rendu coupable de connivence avec
l'ennemi et de trahison envers la patrie en danger*.
Bien entendu, les tribunaux qui furent
appelés, par la suite, à juger ce préfet,
firent bonne justice de ses calomnies dif-
famatoires.

De telles mesures prises individuellement
contre les feuilles qui déplaisaient n'étaient
rien encore. On vit à Bordeaux M. Gambetta
supprimer d'un trait de plume ONZE JOUR-
NAUX, coupables d'avoir publié un acte
officiel, le décret du Gouvernement de
Paris portant, malgré M. Gambetta, convo-
cation des électeurs.

Que les républicains osent parler ensuite de la liberté de la presse !

La liberté individuelle était-elle mieux sauvegardée ? Quelques exemples pris au hasard édifieront le lecteur.

Le maire d'Aubusson avait dit qu'il était « libéral, mais non républicain. » Le préfet, instruit de ce propos tout privé, demande l'autorisation de « *le faire arrêter administrativement.* »

Après la capitulation de Metz, on donne l'ordre de rechercher et d'arrêter le général Boyer, aide de camp de Bazaine. Justement, il y avait à Toulouse un général Boyer. On lui met la main au collet, on le fait partir entre deux gendarmes, et le préfet télégraphie, tout en l'expédiant par *train spécial* : « Je vous préviens seulement que « c'est le général qui commandait à Char- « tres, et nullement l'aide de camp de Bazaine. »

Le prince de Joinville, dont le patriotisme s'était ému à la vue des malheurs de la France, n'avait pu résister au désir de payer de sa personne, et s'était enrôlé dans l'armée de Chanzy. C'était un crime, paraît-il. Ordre est donné de l'arrêter. Tous les limiers de la police, le condamné Ranc à leur tête, sont mis en campagne ; le prince est cerné, ramené à la frontière. On déployait moins d'activité et d'entrain contre les armées prussiennes !

On arrête le maréchal Vaillant, on arrête

M. Pinard, on arrête à Tarascon un... co-
cher de l'Empereur ! C'est la loi des sus-
pects.

On vous emprisonne d'abord, sauf à exa-
miner plus tard s'il existe quelque grief
contre vous. On oublie les Prussiens pour
étouffer dans leur œuf des conspirations
fantastiques. Le préfet de Nantes, M. Guépin, celui qui faisait « *des patrouilles tout
seul,* » télégraphiait gravement : « Suis sur
« traces voiture mystérieuse n'allant que
« de nuit. On dit poudre, on dit armes, on
« dit conspiration, on dit Henri V. Sous
« pieds des chevaux caoutchouc. » Natu-
rellement, des administrateurs à ce point
préoccupés de *voitures mystérieuses* n'avaient
plus assez de loisirs pour s'enquérir exac-
tement des mouvements prussiens. De là
des télégrammes dans le genre de celui-ci :
« Prussiens à Dreux ; sont cinq mille ou
« cinq cents ; je ne sais pas lequel des deux
« au juste. »

La nation privée de représentants, l'opi-
nion publique privée d'organes indépen-
dants, les citoyens privés de toute sécu-
rité et placés à toute heure sous le coup
d'un mandat d'amener, voilà ce que la République des vrais républicains nous a
donné et nous donnerait encore en fait de
liberté !

II

Les républicains et l'armée

Napoléon Ier, en confisquant la liberté politique de la nation, assurait du moins l'ordre intérieur et l'éclat extérieur ; il cherchait ainsi à se faire pardonner ce que son pouvoir avait d'absolu.

Un tel régime n'est pas notre idéal ; nous ne voulons de la servitude à aucun prix. Mais enfin, c'était l'ordre dans la servitude.

Quant aux hommes du 4 Septembre, dont nous avons vu les procédés despotiques, ils n'ont su nous procurer que *l'anarchie dans la servitude*.

Qu'ont-ils fait au point de vue de l'armée ? Qu'ont-ils fait au point de vue de l'administration ?

Sous le rapport militaire, tout d'abord, ils n'ont rien épargné de ce qui pouvait achever notre désorganisation devant l'ennemi. Que telle n'ait pas été leur intention, nous le voulons bien ; mais tel a été et tel devait être le résultat de leur ligne de conduite.

Ils en étaient restés à la légende des *volontaires de 92*, ce qui était pour eux le synonyme des levées en masse, des soldats improvisés, enfin et surtout, de la prédominance de l'élément civil sur l'élément militaire.

En vain l'histoire avait-elle fait justice de la légende, en démontrant que les armées de l'époque révolutionnaire furent redevables de leur force et de leurs succès aux vieilles traditions entretenues par les officiers qui avaient précédemment servi sous la monarchie. — En vain le bon sens disait-il que l'organisation qui avait pu suffire autrefois, ne suffisait plus en présence d'une armée constituée comme l'armée prussienne, et d'engins de guerre perfectionnés comme les engins modernes. Mais ni l'histoire, ni le bon sens, n'avaient de prise sur les préjugés de nos intraitables démocrates.

La subordination du militaire au civil, voilà la devise qui revient sans cesse dans les dépêches préfectorales, et qui n'inspire que trop souvent la conduite de ce gouvernement d'aventure. Ce principe, écrit M. Challemel-Lacour, « *c'est la République même.* » Ce n'était pourtant pas toute la République dans la pensée du fameux préfet ; il convenait d'y ajouter cette autre formule appliquée à nos braves soldats : « *Fusillez-moi tous ces gens-là !* »

De même M. Gambetta écrivait à M. J. Favre : Vous avez méconnu la première règle « de la tradition révolutionnaire, qui est « de subordonner les chefs militaires à la « magistrature civile et politique. » Mais, à l'exemple des sots dont parle un poëte, tout républicain trouve un républicain plus avancé que lui qui le dépasse, le supplante et quelquefois le fusille. C'est ainsi que M. Gambetta rencontre sur son chemin M. Duportal qui, plus intransigeant que lui, propose la « *destitution en masse des officiers de l'armée.* »

Hélas ! on ne se contentait pas des paroles creuses que nous citons ici ; les actes répondaient aux paroles. C'était l'avocat Gambetta, c'était l'ingénieur Freycinet, c'était le Polonais de Serres, qui, à Tours ou à Bordeaux, du fond d'un cabinet confortable, prétendaient diriger les opérations et envoyaient des ordres aux généraux ! C'est si commode, les pieds sur les chenets, de rédiger des proclamations foudroyantes, de manœuvrer des soldats de plomb, de gagner des victoires sur la carte ! Et pendant ce temps, les vrais généraux, trompés et démoralisés par ces ordres souvent contradictoires, souvent absurdes, presque toujours inexécutables se voyaient contraints d'abandonner la partie. D'Aurelles de Paladine, privé de toute initiative, est obligé de résilier son commandement. Bourbaki tente de se brûler la cervelle. C'est le chaos de toute part, le désarroi et la défaite : voilà les fruits du système !

Chaque préfet dans son départeme nt sui l'exemple du dictateur en chef.

Un jeune journaliste, nommé p réfet d

l'Orne, malgré M. Laurier qui hésitait à lui confier « une petite sous-préfecture, » envoie les instructions suivantes : « Colonel, « vous me paraissez perdre la tête ; la pre-« mière vertu du soldat est le sang-froid « en face du danger. Occupez très-forte-« ment Montisambert, etc. Dans ces condi-« tions, colonel, si vous êtes un homme, et « si vos hommes ne sont pas des lâches, « vous êtes invincible. Dans tous les cas, « je vous donne l'ordre formel de mourir « jusqu'au dernier plutôt que de lâcher « pied. ». Ne croit-on pas rêver en lisant un pareil morceau de littérature ?

Ailleurs, M. Challemel-Lacour fait arrêter le général Mazure ; M. Dumarest fait arrêter le général Barral, etc., etc. Un autre appelle les généraux « ces bonshommes, » et l'un d'eux, « ce « vieux gabion « farci de jésuitisme. » M. Crémieux écrit que les chefs militaires « n'ont jamais usé « que des coussins hémorroïdals. » M. Cyprien Girerd, préfet de la Nièvre, télégraphie modestement : « Si j'avais une batte-« rie, je ferais une meilleure besogne que « vos généraux... Je vais tâcher de faire « avec des fusils de chasse ce que ne sa-« vent pas faire les chefs d'armée avec des « canons. »

Qui mettait-on à la place des vrais généraux ? Au sommet nous avons vu le triumvirat Gambetta, Freycinet, de Serres ; n'oublions pas M. Glais-Bizoin, l'ancien vaudevilliste, qui allait passer en revue les troupes du camp de Conlie. Assurément, de toutes les scènes de comédie qu'il avait jamais imaginées, celle-là était la plus bouffonne et la plus risible, autant qu'il est permis de rire de ce qui est funèbre !

Sur le second plan, nous voyons un certain général Lissagaray, qui la veille rédigeait une feuille radicale à Auch, et le lendemain s'installait à Toulouse dans l'hôtel de la Division, se faisait rendre les honneurs dus aux officiers supérieurs, et affectait de voir un subordonné dans le général de brigade.

A Lyon, on intronise le général civil Alexandre, dont le prestige est d'ailleurs de courte durée : au bout de quelques jours, il est reconnu « parfaitement incapable. » A Toulouse, c'est le général civil Demay qui « désorganise tout », d'après l'avis d'un bon juge, le général Lissagaray ci-dessus mentionné.

Le capitaine Crémer est nommé d'emblée général : ce n'était pas très-conforme aux règles ; il le sent, et aussi voyez quel souverain mépris il professe pour la discipline ! Un jour, il lui prend fantaisie d'emmener des gendarmes avec lui ; au capitaine de Mâcon, qui lui fait des observations, il répond *« qu'il n'y a plus ni chefs, ni hiérarchie. »*

A côté de lui paraît le capitaine Crevisier, installé général dans les mêmes conditions. Mais sa fortune dure peu ; après le premier moment d'enthousiasme, on le casse pour avoir « fait manquer les opérations, » et ensuite on l'arrête.

Ces quelques exemples, auxquels il serait facile d'en joindre bien d'autres, ne laissent plus de doutes sur ce que les républicains sont capables de faire en matière militaire. L'armée doit savoir quel sort lui serait réservé si nous devions revoir la vraie République des vrais Républicains ; la France doit savoir ce que lui coûterait la réalisation de cette cruelle hypothèse.

Car ces orgies républicaines ont coûté cher à la France !

De tous côtés le désordre, et à sa suite le découragement, l'impuissance ! « Mo« randy et Poytevin, écrit le préfet de Loir« et-Cher, ne reçoivent pas d'ordres et ne « veulent pas agir de leur propre initiative ; « le blâme donné à d'Aurelles les en em« pêche. »

« Ces changements successifs de chefs, « écrit le préfet des Côtes-du-Nord, por« tent le trouble et le découragement « parmi les officiers et les hommes, qui ne « savent plus à qui obéir. »

C'est, de l'aveu même de M. Gambetta, « un *gaspillage effréné* » de toutes les ressources de la France. De Marseille, dès les premiers jours du nouveau régime, on écrit : « Désordre absolu. La lie monte. « On délivre des fusils par brassées jusqu'à

« des filles publiques. » Du camp de la Rochelle le général Détroyat se plaint en ces termes : « Mes trois *meilleurs* bataillons « sont dans un état deplorable. Ils m'arri- « vent sans rien ou presque rien. Les mo- « bilisés qu'on *doit conduire après-demain à* « *Angers, n'ont pas encore brûlé une cartouche.* « *Ils n'ont ni souliers, ni capotes, ni manteaux.* »

Les conséquences sont encore plus dé- sastreuses sous le rapport moral que sous le rapport matériel. Comment les soldats que l'on a investis du droit exorbitant d'é- lire eux-mêmes leurs chefs, accepteraient- ils le joug de la discipline militaire ? Com- ment la confiance subsisterait-elle à la vue de ces mesures précipitées, incohérentes, sans lien et sans unité ? En bas, toutes les mauvaises passions sont déchaînées par suite de l'impulsion venue d'en haut. Est- il surprenant que les hommes abandon- nent des officiers que l'on prend soin de leur représenter comme des traîtres ou des incapables ? Aussi les républicains de Lyon fusillent-ils le commandant républicain Arnaud, et M. Challemel-Lacour écrit-il :

« Nous n'aurons pour nous défendre que « 600 marins et une poignée de républi- « cains des faubourgs. Je marcherai avec « eux, s'ils ne m'égorgent pas avant, inten- « tion qu'ils manifestent tous les jours. »

III

Les Républicains et la Loi.

Si nous nous plaçons maintenant au point de vue purement administratif, nous avons à nous demander comment les républicains du 4 Septembre comprenaient la légalité.

La réponse est bien simple : ils ne la comprenaient pas du tout. Quelques faits vont éclairer le lecteur.

Un principe de droit, c'est que les peines ne peuvent être prononcées que par l'autorité judiciaire; où serait autrement la garantie de l'honneur des citoyens, de leur fortune et de leur vie? Cela n'empêchait pas le préfet Gent, à Marseille, d'édicter de son autorité privée des amendes variant entre 50 et 3,000 fr. par jour.

Un autre principe, c'est que l'État doit tenir ses engagements avec une probité d'autant plus rigoureuse qu'il y va de l'intérêt même de son crédit. Cela n'empêchait pas le préfet de l'Aude de saisir les arrérages des pensions légalement accordées à des veuves d'anciens fontionnaires.

C'est au législateur seul qu'il appartient de fixer l'âge de l'électorat; cela n'empêchait pas certain préfet d'autoriser ses mobiles à voter avant l'âge de 21 ans.

Un autre préfet abolissait le timbre pour les journaux de son département; un autre encore exonérait de la nécessité du cautionnement les feuilles qui le soutenaient. Le sous-préfet du Havre faisait mieux : il prétendait dispenser du service militaire les journalistes bien pensants, ce qui signifiait les journalistes amis du sous-préfet.

Dans l'Ardèche, la Banque de France refusait l'escompte à un certain banquier nommé Chapuis, qu'une banqueroute célèbre a, depuis cette époque, remis en évidence. La Banque en agissant de la sorte, usait de son droit, puisqu'elle connaissait l'état embarrassé des affaires de son client; bien plus, elle remplissait un devoir, car elle est responsable de l'emploi des fonds qui lui sont confiés. Mais ce Chapuis était « l'âme de la démocratie dans le département. » En conséquence, le préfet télégraphiait au gouvernement : « Pour sauver « élections, il faut sauver Chapuis... Avance « de fonds immédiate... Agir sur Banque « de France d'autorité. »

Dans les Bouches-du-Rhône, M. Esquiros fermait des tribunaux, faisait occuper les couvents et expulsait les religieuses : preuves éclatantes de son respect pour la liberté et pour les lois ! Il cassait des magistrats inamovibles; et comme le ministre lui faisait doucement remarquer qu'il dépassait les bornes, il répliquait : « Et bien !

« et Napoléon III ! n'était-il pas inamovible ?
« Cela vous a-t-il empêché par hasard de
« le jeter par terre ? » Que l'on médite ces
deux lignes de M. Esquiros : elles expli-
quent tous les abus dont l'enquête nous
fournit la liste sans fin. Comment un gouvernement dont l'existence même était la
première des illégalités, aurait-il pu assu-
rer l'observation des lois ?

On conçoit que des administrateurs aussi
impatients du joug de la loi ne devaient
pas se plier aisément au joug de la hiérarchie. Les dépêches, sur ce point, sont bien
curieuses à consulter.

« Perdu dans ses indécisions, le général
« Trochu attend toujours... » Voilà ce que
pense et dit du chef du gouvernement le
ministre J. Favre. — A son tour, J. Favre
est traité de « *misérable* » par M. Challemel
pour avoir signé l'armistice de Versailles.
M. Gent l'appelle le « *capitulé* de Bismarck »
et il déclare « qu'il ne lui obéit plus, qu'il
« ne le connaît plus... »

Écoutons M. Gambetta parler de ses col-
lègues de Paris : « Paris a été systémati-
« quement amolli, énervé, découragé par
« ceux qui le gouvernaient... » M. Laurier
écrit « que Paris est indigne. » Le même
M. Laurier juge en ces termes un des mem-
bres du gouvernement : « L'amiral Fouri-
« chon est un honnête homme, mais tout
« à fait court d'esprit. » Un autre acolyte
de Gambetta, M. Steenackers, émet l'opi-

nion qui suit : « Je ferais marcher cela
« autrement... Il n'y a autour de moi
« qu'inertie et inaction. Glais-Bizoin embar-
« rasse tout par son activité de mouche
« du coche. Anarchie. Pas de direction. »
Le préfet des Landes, M. Mazé, trouve que
M. de Kératry est « tout à fait fou. » À
Alby, le comité républicain s'avise de dé-
couvrir un réactionnaire dans le préfet
qui vient de lui être envoyé. Que fait-on ?
On va trouver le préfet, on lui intime l'ordre de partir sur-le-champ, sans quoi « la
« préfecture sera mise à sac par une bande
« armée qui attend à la porte. »

Les ministres n'avaient pas le droit de
réprimander leurs subordonnés : ils s'atti-
raient des réponses dans le genre de celle
que fit le préfet Dumarest : « Brigadier,
« vous avez raison. »

M. Boysset écrit au citoyen ministre :
« Vous ne daignez pas me répondre, comme
« si je n'avais pas quelques droits à votre
« déférence ! En attendant, nos enfants se
« font tuer pour la patrie si mal défendue
« et si mal gouvernée. » — M. Duportal
écrit : « Vous me demandez ma démission ?
« Que celui d'entre vous qui a fait un jour
« de prison pour la République vienne la
« prendre ! » — Voici maintenant M. Esquiros : « Vous acceptez ma démission.. merci.
« Il est d'ailleurs bien entendu que je ne
« me retire pas devant l'émeute, mais de-
« vant l'insuffisance et la lâcheté du gou-

« vernement. » Telle était la convenance qu'apportaient ces honorables républicains dans leurs relations administratives !

Trop souvent ils semblaient considérer la France comme un pays conquis, qu'il importait d'exploiter avec d'autant plus d'empressement que leur domination devait être de moins longue durée.

Obtenir de pleins pouvoirs civils et militaires, voilà qu'elle était leur ambition à tous. Tous ont formulé des demandes tendant à ce résultat ; et quand ils n'obtenaient pas l'autorisation sollicitée, ils prenaient sur eux d'y suppléer d'office : « Me « refuser concentration de pouvoirs, écri- « vait l'un d'eux, c'est m'obliger à la pren- « dre. »

Ils déclaraient la guerre à tout pouvoir placé au-dessus d'eux, voire même à côté d'eux. L'enquête parlementaire abonde en détails sur ces conflits entre autorités voisines et rivales.

Relevons seulement, parmi ces innombrables conflits, celui qui subsista durant plusieurs mois entre les préfets successifs de Marseille et le ministre de la guerre. Les préfets se servaient, comme d'un agent politique, d'un certain sous-intendant nommé Brissy. Afin de le retenir dans le département, ils l'investissaient des fonctions les plus multiples et les plus diverses. Le ministre, au contraire, voulait le faire rentrer dans son corps, et donnait

en ce sens les ordres les plus formels.
Chacun de ces ordres rencontre l'opposition du préfet; et chaque fois M. Brissy
répond au ministre : « Le préfet ayant
« pleins pouvoirs civils et militaires, je ne
« puis faire autrement que de lui obéir. »
Pour vider la difficulté, il fallut transiger :
M. Brissy réintégra le corps, mais avec de
l'avancement. On avouera que ce n'était
pas là un très-bon exemple au point de
vue de la discipline !

IV

Le désintéressement civique des républicains.

Que n'a-t-on pas dit et écrit, dans les
rangs républicains, contre le *favoritisme* et
le *népotisme, ces deux lèpres inhérentes au régime monarchique, ces deux fléaux dont la République seule devait nous débarrasser?* Ici encore, hélas! les actes sont venus démentir
les paroles.

Les quelques faits qui suivent ne sont
cités qu'à titre d'exemples pour permettre
d'apprécier et de juger l'ensemble du
système.

« Songez à mon neveu, » écrit dans cha-
cune de ses dépêches le procureur général

Thourel. M. Duportal destitue le colonel directeur de l'arsenal de Toulouse pour le remplacer par M. Duportal fils. M. Mollines est nommé conseiller de préfecture; quels sont ses titres? Il est fils « d'un *républicain sincère*, inquiété en 1854. » Voilà une recommandation! Le préfet de Nantes, M. Guépin, nomme sous-préfet d'Ancenis un de ses amis, *professeur au Conservatoire;* voilà une préparation aux fonctions administratives! — Nous ne chercherons pas à dresser la liste des bureaux de tabac, des bureaux de poste, etc., etc., sollicités par le moindre sous-préfet en faveur de ses parents, connaissances ou créatures. L'énumération serait trop longue! La faveur disposait de tout, même des places de *pilote-major*, de *portefaix de manutention* ou de *concierge de maison d'arrêt*.

Jamais les mendiants de fonctions salariées ne furent aussi innombrables; jamais les quémandeurs ne furent aussi insatiables dans leur ambition, aussi âpres à la curée, aussi suffisants dans leur radicale insuffisance !

Le pharmacien de Lombez demande à devenir sous-préfet de l'endroit. Un membre du gouvernement télégraphie de Paris : « A M. Tissier fils, à Conquet : « Acceptez-« vous situation receveur général Brest *ou* « commandement toutes les gardes natio-« nales Finistère ? » Un M. Brémont écrit à M. Laurier : « Casez-moi ! Il est impossible

« que vous ne trouviez pas un emploi va-
« cant, en partant des sous-préfectures
« pour finir par les inspections d'aliénés. »

Au reste, soyons justes pour tous. Ces
prétentions insensées ou ridicules n'a-
vaient rien que de très-naturel, étant don-
nés les exemples venus de haut. On avait
vu des avocats sans causes comme Gambetta ou Ferry, des journalistes de bas
étage comme Rochefort, des vaudevillistes
sifflés comme Glais-Bizoin, s'installer au
gouvernement. Pourquoi les autres au-
raient-ils montré plus d'abnégation ? Pourquoi chaque républicain n'aurait-il pas, à
son tour, émis la prétention de s'installer
quelque part, qui dans une préfecture, qui
dans une recette particulière, qui dans les
meubles d'un général de division ?

L'abnégation des républicains ! Certes il
y aurait un chapitre intéressant à écrire
sous ce titre. Après avoir montré leur ar-
deur à se *caser*, comme ils disaient, dans
les emplois rétribués sur les fonds du Tré-
sor, nous aurions à montrer ce qu'ils fai-
saient, une fois casés.

On mangeait et l'on buvait bien chez les
parvenus de la Révolution : les notes de
fournisseurs que les contribuables ont dû
acquitter par la suite en font foi d'une
manière irrécusable.

M. Steenakers télégraphiait à M. Gambetta : « Ici, rien de neuf. On s'embête
« atrocement de ne pas vous voir... J'ai été

« visiter vos appartements. On y nage dans
« des flots de pourpre et d'or. » Et M. Gambetta répondait, toujours au moyen du
télégraphe : « CIGARES EXQUIS, SOYEZ
DE BONNE COMPOSITION. SALUT ET FRA-
TERNITÉ. »

Nous pourrions en dire long dans cet ordre d'idées ; mais, fidèles au programme
que nous nous sommes imposé à la suite
des auteurs de l'enquête parlementaire,
nous voulons écarter de ce résumé ce qui
aurait le caractère de personnalités pures.

—

Il est temps de conclure.

Voilà ce qu'a été, de 1870-71, la République des vrais républicains, prélude et préparation de cette autre République, qui,
plus conséquente encore avec les princi-
pes, porte dans l'histoire le nom de Com-
mune.

Les hommes de ce parti, à l'heure pré-
sente, briguent de nouveau nos suffrages,
de nouveau ils prodiguent les phrases les
plus sonores. Rappelons-nous ce qu'ils ont
fait ; cela est plus sûr que d'écouter ce
qu'ils disent.

Ne recommençons pas une expérience
qui a été assez complète, trop complète.

Si nous consentions une fois de plus à
jouer le rôle de dupes, notre naïveté en-

traînerait des conséquences d'autant plus funestes, que le Prussien, moins naïf, serait là pour profiter de notre aveuglement. Il saurait, dans cette cruelle hypothèse, nous désigner du doigt à l'Europe consternée et, il répéterait ces mots qui déjà furent prononcés : « Voilà le foyer de l'incendie ; à nous de l'éteindre ! »

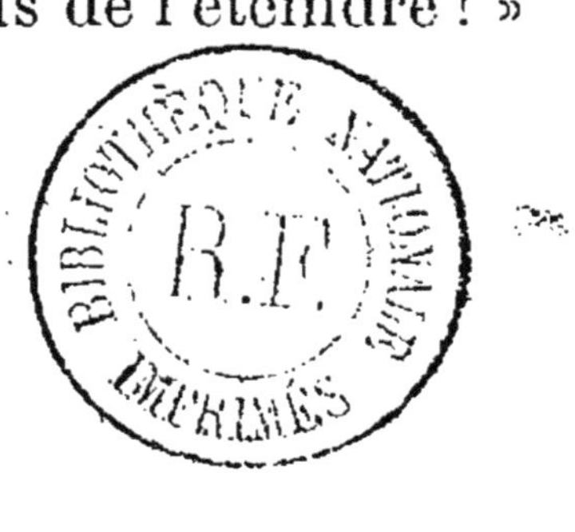